KB047289

살아 있다는 것이
봄날

살아 있다는 것이
봄날

성백광 외 지음 · 김우현 그림
해설 | 나태주

문학세계사

□ 머리말

삶에 대한 긍정과 미학

한국시인협회가 대한노인회와 함께 주최한 '제1회 어르신의 재치와 유머 짧은 시 공모전'은 길지 않은 기간에 무려 5,800여 편의 작품이 답지한 놀라운 반응을 보였다. 이는 노인들의 자기표현 욕구가 강렬하다는 반증이었다. 또한, 장수 시대를 맞아 한국 시단이 새로운 경향을 보여주고 있다는 것을 알 수 있었다. 이번 공모전의 최고령 응모자는 98세라고 한다.

과거에 시는 젊은이의 예술로 생각되었다. 등단도 대부분 20대에 이루어졌다. 젊은 시인들의 시에는 난해한 작품들이 많다.

그런데 그런 경향에 대한 반동처럼 나이 들어서 제2의 인생을 시로 열어가는 사람들이 늘고 있다. 나는 우리 시단의 이런 현상을 노년문학 시대의 도래라고 본다.

노인들의 시는 젊은이들이 도저히 갖지 못하는 강점이

있다. 그것은 시간이 주는 경험이라는 보고寶庫이다. 이런 자산을 바탕으로 활발한 시작 활동을 하는 노인들은 우리 시단의 새로운 경향이자 자산이 되고 있다. 특별히 노인들을 대상으로 한 이번 공모전에서도 그런 현상이 뚜렷하게 나타났다.

예심에서는 단행본 시집에 실릴 100편의 작품을 선정하는 작업이 진행되었다. 그리고 3월 18일, 문학세계사에 모인 3인의 본심 심사위원들에게 100편이 제시되었다.

이 작품들을 읽으며 때로는 웃고, 때로는 비감에 젖기도 했다. 공감을 불러일으키는 시들이 많았으며, 노년문학의 저력을 확인하는 계기가 되기도 했다.

토론과 토의를 거쳐 대상으로 선정된 「동행」은 단 넉 줄에 많은 서사를 담고 있다.

아내의 닳은 손등을
오긋이 쥐고 걸었다
옛날엔 캠퍼스 커플
지금은 복지관 커플

이 짧은 시에는 반세기에 이르는 시간이 있다. 즉 캠퍼스

에서 만나 가슴 설레며 함께 걸었었는데, 이제는 복지관에 함께 가는 노년이 된 것이다. 그 시간 동안 곱던 아내의 손등은 세파에 닮았다. 그 손을 오긋이 쥐고 걷는 노부부의 황혼이 곱다.

이 시의 또 한 가지 강점은 노년을 우울하게 보지 않는다는 것이다. 해학을 바탕에 깔고 있다는 점에서 삶에 대한 긍정과 미학을 보여준다. 노인 시의 바람직한 전범이라고도 할 수 있다.

또한 3·5조의 정형을 정확하게 밟고 있다는 것도 이 시의 강점이다. 시는 노래이기도 하기 때문이다.

표제시가 된 최우수상 「봄날」은 삶에 대한 성찰을 보여준다. 이는 노인이 아니면 이를 수 없는 경지이다.

죽음의 길은 멀고도 가깝다
어머니보다 오래 살아야 하는 나를 돌아본다
아! 살아 있다는 것이 봄날

나이 들자 주위의 죽음 소식을 일상처럼 듣는다. 어른들의 타계에다가 이따금 동창들의 부고도 SNS로 전해온다. 멀게만 느껴졌던 죽음이 이렇게 가까운 곳에 있었다니…….

또한 대부분 부모 세대보다 오래 산다. 부모님들이 경험해 보지 못한 나이를 살고 있는 우리는 이런 식으로 효도를 하고 있는 것은 아닌가?

결국 살아 있다는 것이 봄날이었다. 삶에 대한 강렬한 긍정이 이 시집의 제목으로 끌어 올리는 힘이 되었다.

이밖에 이 시집에 수록된 작품들은 갖가지 모습으로 피어 있는 백화난만한 꽃들이다. 한 편, 한 편에서 노인들의 삶의 모습과 시들지 않는 정서를 본다.

전철 경로석에서 나를 쳐다보는 다른 노인께 자리 양보를 고민하는 모습. 문방사우에 빗댄 노년사우. 웃고 있는 영정 사진. 노인도 새 립스틱에 가슴 설레한다. 가장 좋은 친구는 살아 있어 주는 사람. 약도 없는 퇴행성. 일상이 된 영양제. 손에 들고 찾는 안경. 따뜻한 아이스 아메리카노를 주문하다니. 그래도 복지관 댄스 교실에서 얼굴이 발그레 달아오르는 로맨스 그레이. 아름다웠다.

이 기획은 계속 이어져 나갈 것이다. 이번에 채택되지 못한 대부분의 응모자께서는 다음 기회에 다시 만날 수 있게 되기를 바란다.

2024년 봄

<심사위원> 김종해·나태주·유자효(글)

□ 차례

2부
봄밤, 반쯤 죽어도 좋겠다

3부
주는 것이 받는 것

4부
제 새끼는 낳지 않고
개새끼만 챙기네

먹었는지 안 먹었는지
아리송한 치매약

<대상>

성백광 · 63세 · 대구광역시 북구 태전동

동행

아내의 닮은 손등을
오긋이 쥐고 걸었다
옛날엔 캠퍼스 커플
지금은 복지관 커플

〈우수상〉

김남희 · 74세 · 경기도 고양시 덕양구 동산동

봄맞이

이제는 여자도 아니라 말하면서도
봄이 되면 빛고운 새 립스틱 하나 사 들고
거울 앞에서 가슴 설레네

〈우수상〉

정인숙 · 65세 · 인천광역시 동구 송현동

로맨스 그레이

복지관 댄스 교실

짝궁 손 터치에 발그레 홍당무꽃

김왕노 · 67세 · 경기도 수원시 영통구 원천동

당신을 못 떠나는 이유

내가 당신을 평생 떠나지 못하는 이유는
당신은 모르지만
당신 가장 깊숙한 곳에다가
내 가난한 영혼을 숨겨 놓았기 때문이다

김순중 · 93세 · 경기도 양평군 용문면 다문리

중꺾마

요즘 귀도 깜깜절벽이고 해서
말하는 사람 입 모양으로 대충 알아듣는데
도통 알 수 없는 입 모양들이 난무한다
그중에 하나 중, 꺾, 마…
'중요한 건 꺾이지 않는 마음'이라나 뭐라나…
그냥 일편단심 하믄 될 것을!
써글…

중꺾마..

이정미 · 67세 · 광주광역시 서구 화정동

절규

세렝게티 초원 내달리며
숱한 비바람 맞으며
먹히지 않으려고

많은 동물들 먹어왔던
그 수사자
늙어빠져서
마지막 볼 일 보고 난 후
누런 풀섶에 털썩 쓰러졌다

손동호 · 63세 · 울산광역시 남구 무거동

아리송해

먹었는지 안 먹었는지 아리송한 치매약

이영호 · 67세 · 부산광역시 연제구 연산동

있을 때 잘해라

자식이 없는 사람은 있어도 부모가 없는 자식은 없다
부모가 없다면 자식이 태어나지 못했겠지
암, 그렇고말고
자식들아!
죽고 나서 울고불고하지 말고
제사상 잘 차리려 하지 말고
있을 때 잘해라

부디!

정대인 · 76세 · 부산광역시 부산진구 전포동

사랑의 정거장

자식에게 받은 용돈
내 손을 꼬깃꼬깃 거쳐 손자에게로 간다

유현숙 · 65세 · 서울특별시 마포구 성산동

어떤 침묵에 대한 변辯

텔레비전에서 금강경을 설법하는데
무슨 말인지 잘 모르겠다
부처님 말씀대로 살아가면 행복해진단다
그런데 암만 봐도
부처님은 아무 말도 안 하더라
부처님은 생전 봐도 이래라저래라 말 안 하더라

김왕근 · 64세 · 서울특별시 송파구 잠실동

손주들

손주들이 오면 고맙다
손주들이 가면 더 고맙다

김찬옥 · 66세 · 서울특별시 영등포구 당산동

이쪽과 저쪽 사이

아이들이 다 출가를 했다
아내는 장롱과 함께 이쪽방에 남고
남편은 시간의 물살을 따라 저쪽방으로 흘러 갔다

이쪽과 저쪽 사이에 들어선 적막강산이 깊어 질수록

밤하늘의 별도 억겁의 거리에서 저 혼자 빛을 발했다

성백육 · 74세 · 경기도 고양시 일산동구 식사동

꽃다발

젊어서는 생기와 향기로 반기고
늙어서는 아쉬움에
가만히 걸어둔다, 마른 꽃다발

뭇 생명은 끝내 시들기 마련
싱그러움이야 가신들 또 어떠리

아름다운 추억마저 박제되어
내 곁에 다소곳이 머무는 것을

정규상 · 70세 · 대전광역시 유성구 신성동

유병장수

무병장수를 꿈꾸던 시절도 있었다지?
고혈압약 먹으면서부터는 일병장수로 톤 다운

손목터널증후군과 족저근막염 덮치니 유병장수
대상포진에 갑각류 알레르기까지 오고 보니…
이젠 하루 오천 보만 걸어도 감지덕지!

이은봉 · 71세 · 세종특별자치시 종촌동

아침 여덟 시

직장에 출근해야 하는 나이,
훌쩍 지나버려서겠지
오늘 아침도 늦게까지
침대에 누워 뒹굴뒹굴한다
함박눈 쏟아져 내리는
창밖 풍경까지 바라본다
종심이 훨씬 지난 나이
이젠 좀 게으르게 살아도 된다

박철영 · 68세 · 전북특별자치도 전주시 덕진구 송천동

자식

엄마와 맘마 네 글자를 가르치는 데 두 달이 걸렸지,

카톡 보내는 법 좀 알려달라는데
한 철 다 가도록
아직 바쁘다네

장영생 · 72세 · 서울특별시 동작구 상도동

그리운 떡국

햇살로 빚고

봄날로 썬

떡국 한 그릇

고명으로 얹은

봄볕보다

엄마의 손맛이

더 그립습니다

윤영조 · 73세 · 경상남도 진주시 금산면 장사리

사실은

내가
음식 투정 안 해서 좋다고
자랑질 늘어진 아내

내 입이라고
보고 들은 게 없을까
나 편하자고 한 건데

배진성 · 64세 · 서울특별시 도봉구 창동

나이

욕먹고 물 먹고 엿 먹어도
술은 안 먹어도
나이는 먹는다

돈 들고 힘들고 병들어도
철은 안 들어도
나이는 든다

송달웅 · 83세 · 경기도 수원시 영통구 영통동

사랑의 연료

늙은이들에게
연료를 더 넣어드릴 건데

누구나 안을 수 있는
사랑의 연료를 넣으면
봄꽃이 필 것이다

박동희 · 82세 · 충청북도 진천군 초평면 용산리

간 맞추기

맘도 음식도

간을 잘 맞춰야 혀

느 아버지 맘

간 맞추는 게 지일 심들었지

김영찬 · 66세 · 서울특별시 광진구 구의동

틀니

틀에 맞추어 살다 보니 틀니를 끼게 되는구나
틀림없이 매번 씻지만 니코틴은 남는구나
틀어지고 빠진 젊음이었지만 니가 있어 다행이구나

하동진 · 82세 · 부산광역시 정관읍 방곡리

고만고만

늙은 호박이 많군요
모두가 고만고만하네요
복지관에도 늙은 호박이 많아요
모두가 고만고만하지요

윤석규 · 85세 · 경기도 광주시 태전동

오해

누가 빨래를 걷어갔다
창문 열어보니
한쪽에 짜악 몰린 빨래
자세히 살펴보니
빨랫대 한쪽이
기울어져 있다

김선옥 · 69세 · 경상북도 문경시 신기동

우리 안 호랑이

기세등등 위엄으로 살아오신 아버지

집안을 흔들던 불호령도
지게 작대기로 버티던 옹고집도 버리고
치아도 없이,
초록 요양원 세 평짜리 방안에 드셨네

입속에서 귓속말처럼 중얼거리는 표정이
팔십 평생 걸어온 길을 끊었다가 이었다가
접힌 몸을 펴고 종일 제자리만 걷고 계시네

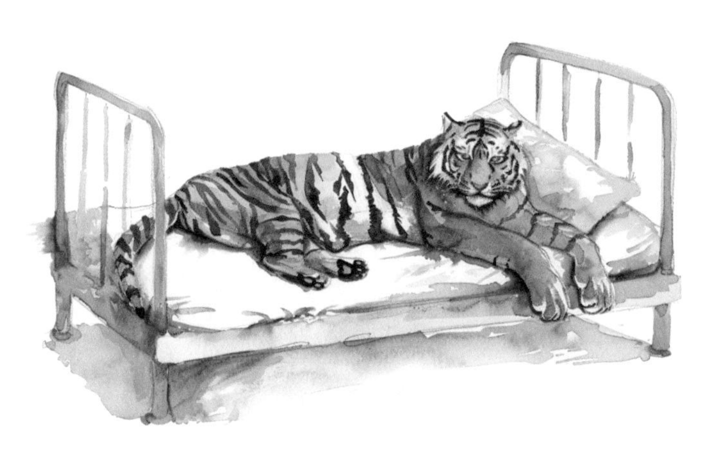

봄밤, 반쯤 죽어도 좋겠다

〈최우수상〉

김행선 · 70세 · 서울특별시 영등포구 당산동

봄날

죽음의 길은 멀고도 가깝다
어머니보다 오래 살아야 하는 나를 돌아본다
아! 살아 있다는 것이 봄날

〈우수상〉

이상훈 · 77세 · 경기도 고양시 덕양구 동산동

절친

잘 노는 친구 잘 베푸는 친구 다 좋지만
이제는 살아 있어 주는 사람이 최고구나

〈우수상〉

문혜영 · 64세 · 서울특별시 서초구 서초동

퇴행성

근육통으로 병원에 갔다
퇴행성이라 약이 없단다
관절염으로 병원에 갔다
퇴행성이라 약이 없단다
마음이 아프다
퇴행성이라 약이 없겠지

신동고 · 75세 · 서울특별시 동대문구 전농동

최고의 당

이 당 저 당 다 있어도
경로당이 최고입니다

조용휘 · 73세 · 서울특별시 영등포구 문래동

한 해 한 해

한 해 한 해 줄어드는 술잔 수
한 해 한 해 늘어나는 약봉지

신충식 · 80세 · 서울특별시 영등포구 여의도동

팔십

내가
팔십에 좋은 것은
내일 늦잠을 잘 수 있는 것이고
내가 팔십에 적막한 것은
내일도 늦잠을 잘 수 있는 것이고
미운 놈이 줄어드는 일이고
마나님이 느릿느릿 해 주는 밥이 전에 없이 슬슬
고마워지는 사변事變이다

안태준 · 80세 · 서울특별시 서초구 잠원동

낚시

미련하고
욕심 많은 고기만
낚인다

박언동 · 71세 · 충청남도 계룡시 금암동

나의 바람

아프니까 청춘이라는데,
갈수록 아픈 곳이 많아지는 나는 젊어지고 있나

젊어서 고생은 사서 한다는데,
아직도 사야 할 고생이 남은 나는 늙지 못하고 있나

청춘으로 돌아가지 않아도 좋고
아프지 않고 싶고
젊음이 탐나지 않소
고생이 그만 품절되길 바라오

양달막 · 67세 · 전라남도 여수시 돌산읍 우두리

당신의 나이는

사십 대에 아버님 멀리 보내고
홀로 네 남매 키우신 어머니께
경로당에 가서 남자친구 만나라 하니
거그 가봐야 매양 영감태기들뿐이여~
화를 내는 어머니 나이 85세

이명수 · 79세 · 서울특별시 성북구 삼선동

봄 바다

월령 해변에서 금능, 협재에 이르는 동안
창가에 앉은 젊은 여자가 스치는 봄 바다에 꽂혀
죽여주네, 죽여주네!를 연발한다

옆자리 사내가 수평선처럼 말한다

내가 죽여줄게,

봄, 좋을 때다
삶의 절반이 죽음이라면
봄밤, 반쯤 죽어도 좋겠다

최형준 · 74세 · 인천광역시 마전동

인생은 희망

어제는 저 달이 지고
오늘은 저 달이 뜨고,
작년엔 저 꽃이 지고
금년엔 저 꽃이 피고
친구야 저 달과 꽃을 보고 있는가?
우리의 인생도 저 달과 꽃과 같고
우리의 희망도 저 달과 꽃과 같네

이무천 · 82세 · 경기도 안양시 박달동

생사

젊은이는
어떻게
잘 살아야 하나 걱정

늙은이는
어찌
안락하게 죽느냐 걱정

주난희 · 65세 · 강원특별자치도 춘천시 후평동

내 이름은 네 개

따스 봄날엔

나를 누나라고 부르더니

개울에서 물놀이 하던 여름날엔

나를 자기라 하네

부부동반 단풍 구경 가던 길엔

나를 여보라고 하더니

자식들과의 조촐한 환갑잔칫상 앞에선

나를 할매라고…

천병남 · 62세 · 서울특별시 강서구 마곡동

엄마

어린이집 가는 아가가
엄마가 보고 싶다고 낑낑거리네
아가야!
이 할비도 엄마가 보고 싶단다
그런데 낑낑거릴 데가 없네

박소춘 · 69세 · 경기도 부천시 옥길동

키오스크

처음에는 당황스럽고
자존심도 많이 상했었는데
이젠 나름 친해졌다
햄버거 가게 앞줄 예순 남짓 사내가
추가 주문 '+'에 헤매고 있어
슬쩍 끼어들어 톡톡 도왔다
고맙습니다! 한 마디에
어깨가 으쓱해졌다

양영희 · 75세 · 경상북도 포항시 장성동

나이테

산은
깊고 깊은 구릉이 많아야 아름답고
물은
흘러 흘러 구비 돌아야 아름답다

선산을 지키는 소나무는
훠어이 훠이 휘어져서 아름답고
사람은
세월 속 등 굽은 노인의 뒷모습이 아름답다

조승래 · 65세 · 서울특별시 서초구 반포동

밥 생각

아무것도 모르는 요양병원 치매 할머니가 보따리 하나를 들고
밥하러 가겠다고 한다 집으로 가는 길을 잃어버렸지만
자식들에게 오로지 밥 먹일 생각만은 아직도 흐릿하게 기억하고 있다
밥은 다시 살아나게 하는 힘 보잘것없는 보리밥에 푸성귀여도
웃음 속에 감춰진 눈물처럼 가족들을 키운다
뒤축이 다 닳은 신발처럼 쭈글쭈글 관심 없이 홀로 떨어져 지내도

요양병원 치매 할머니는 자식들에게 밥 먹일 생각만 한다

최명도 · 78세 · 서울특별시 중랑구 면목동

늙은 호박

오래될수록 약이 되는
장롱 위 늙은 호박

호박은 늙을수록 골드
노인은 늙을수록 실버

늙을수록 대접받는 호박이
부럽기만 하네…

김만석 · 70세 · 경기도 고양시 덕양구 고양동

커플 팔찌

세 돌 지난 손녀 손목에 키즈 팔찌

팔순 넘은 할머니 손목에 실버 팔찌

집 나가 찾아오지 못할까 사다 준

미아 방지용 이름표 팔찌

치매 어르신 인식표 팔찌

놀이터에서 둘이 놀 때 커플 팔찌

여자는 팔찌를 좋아해

장계숙 · 60세 · 강원특별자치도 동해시 천곡동

착각

어물전 고등어 살집이 튼실하다

다섯 마리 오천 원이라

이게 무슨 횡잰가

이참에 열 마리 싸게 샀다 자랑하니

비쩍 말라 자잘한 놈

바가지 썼다 난리다

이렇게 큰 놈을 어찌 작다 난린가

이보소 어무이요

돋보기안경을 쓰셨네예

김교환 · 64세 · 대구광역시 달서구 이곡동

천생연분

가을 햇살 너무 좋다
베란다에 자리 펴고 발가벗고 누웠다
영감 뭐하슈?
으응 엉겁결에 나온 말
고추 말리고 있제
할머니도 훌훌 벗어던지고 옆에 눕는다
할멈 뭐하슈?
고추 마르면 담으려고 포대기 말리고 있제

최종만 · 72 세 · 대구광역시 수성구 범물동

손자와 할머니

내사마 철들자 노망들면 우야꼬
할머니, 노망이 뭔데

가을에 노랗게 익는 거
은행 노각 피망 망고

언제 그렇게 됐어
가을 철들자 금방

할머니, 나랑 있어, 철들지 않게

김일순 · 75세 · 충청북도 충주시 용산동

다 그렇게 살았다오

초가집의 금이 간 흙벽에서 빈대가 우글거리고
방바닥 습기 찬 볏짚 자리 밑에는 벼룩이 뛰어놀고
목화솜 이불 한 채에 8남매가 옹기종기 잠을 잤지요
단벌의 내의 속에서는 이가 우글거리고
하얗게 알을 까아 놓았어도
온 식구가 불평 한마디 하지 않고
화롯가에 모여 앉아 손바닥과 손톱으로 잡았답니다

최성임 · 72세 · 부산광역시 금정구 구서동

세 살 버릇

오늘 영감은 출타하고
모처럼 방문한 여동생
옷걸이에 손 가져가며
파자마가 왜 뒤집혀 있지
그냥 냅둬
내일은 똑바로 될 테니
절반 바른 것만도 다행 아니냐

현호준 · 66세 · 서울특별시 송파구 잠실동

날

나이가 드니

나는 날이 무디어졌는데

마누라 님은 날이 서 있다

주는 것이 받는 것

〈우수상〉

김명희 · 75세 · 대구광역시 수성구 중동

영양제

임종하시는 어머니 손 잡고, '엄마 곧 만나요'
하고선
하루에 꼭 챙기는 한 줌의 영양제

〈우수상〉

박태칠 · 63세 · 대구광역시 동구 신서동

커피 주문

아이스 아메리카노
따뜻한 거 한잔

〈우수상〉

천봉근 · 73세 · 부산광역시 사하구 하단동

잃은 안경

할배가 안경을 찾아서
여기저기 돌고 있는데

네 살 손녀가 찾아 주었다

할배 손에 있다고

황상순 · 69세 · 경기도 용인시 수지구 동천동

소라게의 집

소라껍질을 찾지 못한 게는
버려진 깡통으로 집을 마련했다
방도 넓고
이곳저곳 다니기에 부족함이 없으나
내 귀는 깡통
더 이상 바다가 그립지 않다

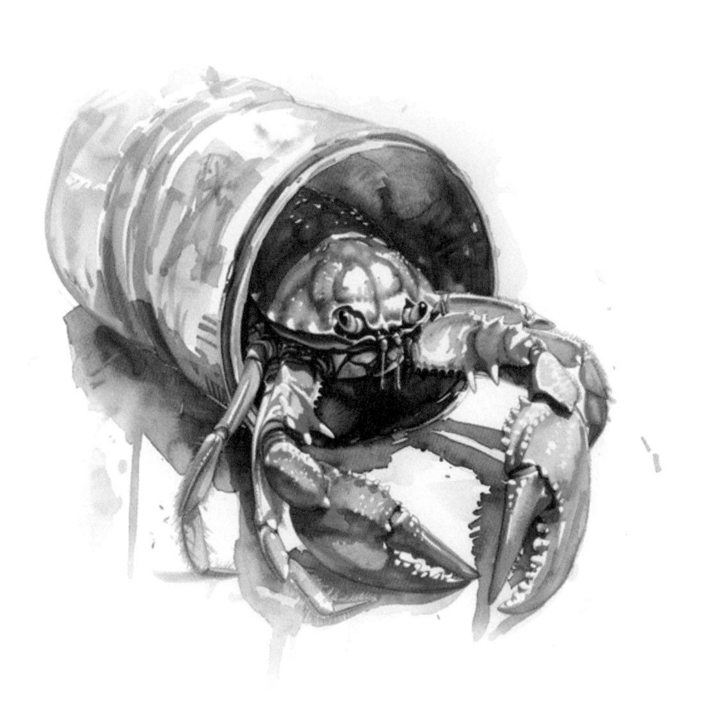

이종분 · 77세 · 충청남도 공주시 금학동

쌈닭

엄마 쌈닭 맞지요

독하긴 했지
그러니까 네 애비하고 살았다
이놈아

최일형 · 70세 · 서울특별시 도봉구 쌍문동

본전 생각

젊게 보이려고 큰돈 들여
흰머리 검게 염색했다
내친김에 카페에 들렀는데
청년 점원 기껏 한다는 소리
“주문 도와드릴까요, 어르신!”

유재순 · 68세 · 경기도 용인시 기흥구 신갈동

이팔청춘

내가 이팔청춘인 줄 안다고
날 보고 한숨짓던 엄마
엄마가 이팔청춘인 줄 아는
내 딸 보고 한숨짓는 나

그땐 몰랐던 엄마 마음
지금은 안다

신기철 · 74세 · 서울특별시 도봉구 방학동

늙은이

입력 장치 고장 나고 오직 출력 반복 가동
배우려 하지 않고 아는 것만 되풀이해
나이와 상관없대요 늙은이가 되는 일

한명희 · 69세 · 경상남도 창원시 성산구 상남동

산길

산은 많은 길을 품고 있다
발길이 뜸했던 산을 오르니
무성한 숲이 길을 막는다
발길 닿지 않는 사이에 오가던 길이 묻혀버렸다
자주 오가지 못하니 산길이 되어버린 친구들
산도 발길이 닿지 않으면 길을 지운다
모퉁이 돌아 돌아 길 하나가 나를 따라온다

권혁봉 · 85세 · 경기도 구리시 교문동

치매 걸릴 시간 없어요

태극기 부대 우리집 85세 할멈
정치 평론하느라
치매 걸릴 시간이 없어요

조현철 · 66세 · 경기도 안양시 동안구 평촌동

우리들의 천국

어머니는 3.8선을 넘어왔고
난 콩나물 교실에서 배웠고
딸은 월드컵 4강을 응원했고
손주는 코로나로 마스크를 써야 했다
4대代가 옹기종기 우리 동네 나의 천국

* 평촌 초원마을에 구순의 어머님을 모시고 살면서
두 딸, 손주들과 같은 동네에 4대가 살고 있습니다.

이승영 · 78세 · 서울특별시 도봉구 창동

남의 편

누가 나 보고
너그러운 분이라 하네

아내가 들으면
댁이 살아봤느냐 하겠지

최동현 · 74세 · 경기도 고양시 덕양구 행신동

모기에게

내 살

내 피

아직 쓸만한가 보네

고맙다

너라도 반겨주니

박종욱 · 74세 · 서울특별시 광진구 중곡동

거울이 묻는 말

아침마다
거울이 묻는 말

밥값이나 하며 사나
나잇값이나 하며 사나
사람값이나 하며 사나

아침마다 쩔쩔매며
허둥대기만 하네

김종태 · 78세 · 대구광역시 수성구 범어동

배은망덕

술 좋아하는 당신 따라
바다 건너왔는데

수십 년 가둬 놓기만 해 놓고
참소주 여인과 놀아난 당신

두고 봐라, 독한 맛 보여줄 테니

김경희 · 68세 · 부산광역시 부산진구 부전동

리모델링

신혼집 리모델링 해서
초대한다던 아들
공사는 다 끝난 것 같은데
소식이 감감이로구나

손꼽아 기다리는 엄마 마음
몰라주는 아들

너도
리모델링감이로구나

김중대 · 78세 · 경기도 남양주시 별내동

미세먼지

길을 가다 문득 돌아보니
내가 걸어온 발자국이 보이지 않네
다시 돌아 앞으로 가려 하나
길이 전혀 보이지 않네
멀리서 나를 바라보니
내가 바로 미세먼지네

고정애 · 90세 · 경기도 양평군 서종면 수능리

폰이 사라졌다

이게 도대체 어디로 갔나?
이상하다 여기저기 찾아보는데
저만치서 드르륵 긁히는 소리
혹시나 하고 가보았더니
아뿔싸! 이를 어쩌면 좋아!
저도 무슨 옷이라고 빙글빙글
세탁기 빨래 되어 돌고 있으니!

박주용 · 62세 · 경기도 고양시 일산동구 장항동

내 옷은 사계절용 하나

남은 시간은 얼마 안 되는데
하루하루는 너무 길다
먹는 밥도, 잠자리도, 보는 사람도
매일 매일 변함이 없다
늘 새로운 꿈을 꾸지만
자다 일어나도 세상은 늘 같다
책장에 꽂혀 있는 책들은
제목조차 보이지 않고
옷장 속에 옷들은 색색이지만
내가 입은 옷은 사계절 환자복 하나

양종술 · 77세 · 경기도 하남시 신장동

로또

돼지 꿈꾸었다는 마나님 앞세우고
로또복권 사러 가는 길에서
1등 당첨되면 십일조 헌금하자고 합의했는데
그 십일조가 세전 10%냐, 세후 10%냐
옥신각신하다가
복권은 못 사고 막걸리만 한 통 사 가지고 돌아왔다

상수
생막걸리

김선태 · 64세 · 전라남도 무안군 삼향읍 남악리

선물

먼저 주어라
주는 것이 받는 것이다
마음도 그렇다

오월선 · 91세 · 강원특별자치도 홍천군 영귀미면 속초리

노망

혼자 산다고 아들이 자꾸만 엄마 시집가라고 한다
아들 소원이라길래 몇 년을 고민하다가
오늘은 아들 소원 들어주려고
얼굴에 분칠하고 입술은 빨갛게 바르고
꼬부러진 허리에 힘을 바짝 주고
동네 다방에 갔다

아무리 아들 소원이라지만
내가 정신이 나갔지요
내 나이가 90이라요

김무식 · 69세 · 대전광역시 서구 복수동

식후 30분

교문 앞 지도 선생 같은 아내
혈압약 먹었나요?

서슬이 퍼렇다

최윤재 · 66세 · 서울특별시 노원구 중계동

면치기

후루룩거리며 면발을 게걸스럽게 먹는걸
요즘 젊은이들은 면치기라고 한다지?
뉘 집 식사 예절일까?
식사도 소음이 되어버린 시대
예의는 면발 사이에 말아 드셨나?
목소리 큰 사람이 승자인 세상
요란하다 요란해!

김병해 · 69세 · 대구광역시 수성구 상동

오다 주운 꽃

아내 생일날 머쓱한 걸음의 동네 꽃집
내가 산 거 아닌 척 에둘러 감춘 다발꽃

들고 오는 내내 불편한 뒷짐에다
집 현관 문턱을 넘어서며

머뭇대는 눈길 허방에다 걸고서
꽃 뒤로 숨어 겨우 건넨다는 말

옛소, 오다 주운 거요

제 새끼는 낳지 않고
개새끼만 챙기네

〈우수상〉

송미선 · 70세 · 경기도 화성시 능동

경로석

어색했던 전철 경로석
이제는 익숙해졌네
그러나 나보다 더 자리를 필요로 하는 사람이
내 앞에 서서
애처롭게 자꾸만 나를 쳐다보네
일어서야 하나
그냥 앉아 있을까

〈우수상〉

허만덕 · 70세 · 경기도 안양시 동안구 비산동

사진

살며시

입 다문 사진보다

활짝 웃는

영정사진 더 슬프다

〈우수상〉

최영문 · 60세 · 경기도 김포시 사우동

노년사우

늙어지니 문방사우보다 노년사우

효자손, 리모컨, 진통제, 돋보기

구충회 · 81세 · 경기도 용인시 수지구 상현동

어떤 전화

엄마! 하와이야, 해피 산책시켰어?
목욕도 시키고 오리고기도 먹였지?
에어컨 이십육 도로 켜주는 거 알지?

어머님! 해피에게 신경 좀 써주세요
요즈음 해피가 컨디션이 안 좋아요
갑자기 큰소리치면 경기해서 그래요

제 새끼는 낳지 않고 개새끼만 챙기네!

박이영 · 66세 · 서울특별시 노원구 공릉동

이름

단 한 번의 울음으로

세상에 초대된 가장 위대한 명함이다

나효재 · 80세 · 대전광역시 동구 가양동

첫사랑

그 사랑
어디에 사는지
지금은 알 길 없어
죽었는가 살았는가

가기 전에 한번 보고 싶다
하다가도

아서 말아라
늙은 내 모습 보고
그가 놀랄라… 넘어질라

원숙이 · 98세 · 강원특별자치도 홍천군 영귀미면 속초리

인생 길

세월은 흘러
잘도 가는데
어느 길을 따라가야
나이를 안 먹는가

누가 이 늙은이한테 정답 좀 알려 줘 봐요

윤여 · 68세 · 제주특별자치도 서귀포시 성산읍 고성리

제주 거슨새미 오름

둘레길 1600m로서의 완만한 정상을 허락하는 오름
어느 순간 그 길도 뒤처진 남편

먼저 가던 그보다, 먼저 온 내가 더 슬프다
따라갈까, 앞설까

두고 갈 내가 걱정이라던 사람

보일 때까지 기다렸다
걸음을 맞추니 같이 걷게 되었다

한숙희 · 65세 · 경기도 고양시 일산동구 정발산동

오해 금지

아는 건 많다네
기억나지 않을 뿐

송대헌 · 72세 · 인천광역시 미추홀구 학익동

슬픈 정물화

백세百歲를 2년 앞둔
머리 성근 어머니
TV 앞에 와선臥禪하듯 누워 있고

칠순이 3년 지난
머리 하얀 그 아들
석고 작품처럼 휴대폰을 들여다보고

창밖에 눈 내리는
노노老老 시대의
슬픈 정물화

차영희 · 85세 · 경기도 의정부시 금오동

아주 소중한 도둑놈들

첫째 아들은 사람을 사랑할 줄 아는
온유한 마음을 훔쳤고

둘째 딸은 물려준 재산 없어도
웃으며 살아가는 절제를 훔쳤으며

눈에 넣어도 아프지 않을 우리 셋째는
부모 마음을 기쁘게 하는 섬김을 훔쳤으니

아주 소중한 도둑놈들을 만난 나는
세상 부러울 게 없구나!

김봉임 · 69세 · 울산광역시 동구 서부동

안마의자

조였다 풀었다
힘 조절도 수준급
세포 깊숙이 떨림을 주면
온몸에 생기가 살아난다
바람 한번 피우지 않는 넌
내 손끝에 달렸지

이권헌 · 71세 · 경기도 용인시 수지구 신봉동

친구 관계

열 번 밥 먹어도, 열 번 있는 놈이 밥 사는 관계
열 번 밥 사도, 열 번 생색내지 않는 관계
열 번 얻어먹어도, 열 번 미안하지 않은 관계
그러고도 자주 연락하고, 자주 만나는 관계

조정명 · 66세 · 대구광역시 수성구 범어동

임플란트

손주 보러 서울 간다는

할머니 환한 얼굴에

금빛 꽃나무 한 그루 숨어 있다

박원배 · 62세 · 부산광역시 금정구 구서동

지금 죽으면 호상일까 요절일까?

요절이면 마누라는 청상이어야 하는데
분 냄새조차 사라진 지 이미 오래이고

호상이면 상주들 표정도 밝고 환하던데
가족들이 원래 웃는 인상이고

마누라에게 철이 없다는 소리를 오늘도 들었는데
내가 지금 죽으면 호상일까 요절일까?

김기찬 · 85세 · 대구광역시 수성구 범어동

아침밥 먹고 나서

멍하니 소파에 앉아 있다

딱히 가야 할 곳도
딱히 만나야 할 사람도 없다

자동차 소리 요란스레 들려온다
사람들과 자동차의 물결이
출렁이는 네거리가 눈에 들어오는데

여기는
오가는 이 하나 없는
외로운 섬

이정실 · 80세 · 경기도 군포시 당동

마른 귤껍질

너도 나랑 같은 옷 입었구나

전현배 · 77세 · 경기도 용인시 기흥구 언남동

미스김라일락

시든 봄밤
연분홍 꽃잎에 살포시 실려 오는

농익은 여인의 분 냄새

어찌할꼬
거절할 수 없는 저 유혹의 손길을

한성희 · 71세 서울특별시 송파구 송파동

백발

어쩌면, 너와 내가 살아간다는 것은
서로의 물길로 흔들어대는 것이다

푸른 물줄기는 마음의 뼈가 필요해
몸으로 흐를 뿐이다

어느 날인가
우리는 작아지고 눈빛만으로
흰 물살 위로 흩어져 펄럭이는 것이다

강의 등뼈처럼
서로는 백발로 뜨거워지는 것이다

장두흠 · 71세 · 경기도 평택시 비전동

늙은이

문 열고 들여다본 젊은이
아무도 없네 하고 간다

있어도 없는 사람

윤상철 · 75세 · 부산광역시 연제구 연산동

안부

잘 있냐 하기에
그렇다고 했다
얼굴 한번 보자길래
그러자고 했다
가을 산 깊어지기 전에
함께 보자고 했다

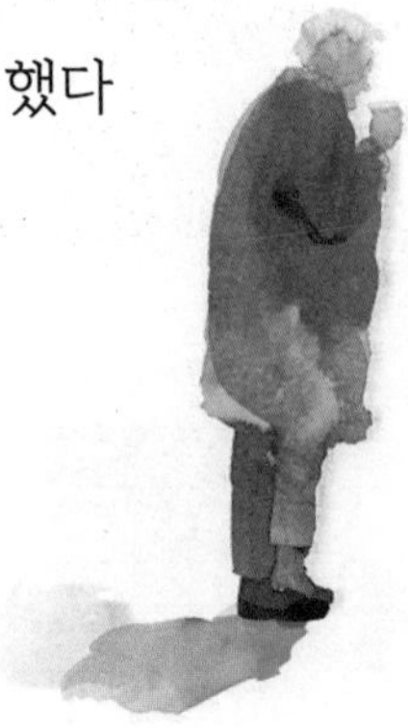

장충남 · 83세 · 충청북도 진천군 초평면 용산리

임플란트 빠짐

손녀가 사 온 맛있는 도가니탕 먹다가
임플란트가 빠졌어
처음엔 도가니 덩어리인 줄 알고
몇 번 씹으려 했지

황덕례 · 70세 · 대전광역시 유성구 송강동

풀꽃

풀이라고 무시 마오
작다고 괄시 마오
그래도 내 할 일 다 하고 산다오
향기는 없지만 볼수록 예쁘다오
이 세상 그 무엇도 탓하지 않는다오

곽영명 · 80세 · 강원특별자치도 동해시 용정동

미쳐도 곱게

요즘 트롯에 푹 빠진 할멈

○○아! 사랑해

잠잘 때 잠꼬대가 심해졌다

나도 들어본 적 없는 사랑 타령

미쳐도 곱게, 함께 미칩시다

윤희자 · 80세 · 서울특별시 강북구 미아동

나이는 못 속여

앱을 깔아야 택시 부를 수 있다는 말에
앱이란 걸 깔았다
고개 끄덕여가며 사용설명 듣고서도
집에 오는 길에 다 까먹었다
명문 공과대학 수석 졸업생 남편은 할 수 있겠지
폰을 건넸다
만지작 만지작 이리 뒤적 저리 뒤적
"아니, 할 줄 몰라?" 서릿발 같은 내 핀잔에
"그냥 길에 나가서 잡자" 계면쩍게 웃는다

촌철살인, 인생의 지혜

나태주(시인, 전 한국시인협회 회장)

1. 심사 과정

시 작품 심사라고 해서 멋도 모르고 심사장에 갔습니다. 가보니, 한국시인협회와 대한노인회가 공동주최하는 제1회 '어르신 짧은 시 공모전'에 응모된 시 작품 심사였습니다. 심사자는 김종해 시인님과 유자효 시인님과 나태주 본인 셋.

우선은 그 응모 편수에 놀라움을 금할 수 없었습니다. '와' 하는 소리가 절로 나왔습니다. 총 5,800여 편이라니요! 이런 사례만 보아도 우리나라 사람들이 얼마나 정서적이고 시를 사랑하는 사람들인지를 짐작할 수 있었습니다. 그리고 대상이 실버, 노인 세대였습니다.

이제는 생애 평균연령이 높아지고 상대적으로 노년 세대

가 많아지다 보니 이런 시도나 노력이 필요했을 것입니다. 조금은 늦은 느낌이 없지도 않지만, 이제라도 시작했으니 매우 당연한 일이고 참 잘한 일이 아닌가 하는 생각입니다.

예심을 거쳐 심사자의 손에 넘어온 작품은 총 100편. 그 작품들을 세 사람이 돌려 읽으며 입상 작품을 골라냈습니다. 입상 작품은 총 12편. 그러나 그 작품을 고르는 데도 여간 괴로운 일이 아니었습니다. 예심을 거친 작품은 모두가 특별하고 좋았기 때문입니다.

그러나 다행인 것은 예심을 거쳐 넘어온 작품의 작가들 이름을 블라인드 처리한 일입니다. 만약에 이름이 보였더라면 작품을 고르는 데도 상당한 영향을 주었을 텐데 주관 부서에서 이렇게 처리한 일은 아주 잘한 일이요 현명한 일이었다 싶습니다.

아닌 게 아니라 심사를 마치고 돌아와 예심에 올라온 모든 작품을 응모자의 정보와 함께 보여 달라고 해서 보았을 때 깜짝 놀랄만한 이름들이 응모작 속에 들어 있었습니다. 이미 유명한 시인들의 이름이 거기 있었기 때문입니다.

그런데 참 묘하게도 기성 시인들의 작품만 입상작에서 모조리 빠져 있었습니다. 이것은 심사위원들이 일부러 그렇게 한 것이 아니라, 미리 블라인드 처리를 한 결과이고 또

나름 공정하게 심사한 결과가 아닌가 싶습니다.

2. 짧은 시

애당초 시는 짧은 형식의 문장입니다. 그리고 그 재료가 감정이고요. 동양 3국의 전통 시가를 살필 때도 그렇습니다. 한국의 시조가 3행에 43자. 중국의 한시가 4행에 20자. 일본의 하이쿠가 1행에 17자. 줄이고 줄여서 더는 줄일 수 없을 때까지 줄여야 하는 것이 시입니다.

그래서 시는 종교의 경전처럼 한 글자 한 획도 헛되지 않게 기록된 문장이어야 합니다. 그렇지요. 그것이 기본입니다. 주옥편이 되어야 하지요. 오늘날까지 우리가 아는 모든 고전의 명작들이 하나같이 그랬습니다.

시의 효용을 보아서도 그렇습니다. 한의학에 일침이구삼약一鍼二灸三藥이란 말이 있지요. 사람의 몸에 급한 병이 생겼을 때 제일 처음 치료 방법이 침이고 두 번째 치료 방법이 뜸이며 세 번째 치료 방법이 약이란 것입니다. 침으로 급소를 쳐서 병의 증상을 좋은 쪽으로 돌려놓는다는 것이지요.

인간의 마음, 시도 그렇습니다. 지금 인간의 마음이 많이 흔들리고 있습니다. 그런 인간의 마음을 붙잡아 편안하게 만들어주는 데는 시만큼 좋은 방법이 없습니다. 마치 병이 난 사람에게 침으로 급소를 쳐서 안정과 정상을 찾는 것처럼 말입니다. 그야말로 시가 짧아질 대로 짧아져야 한다는 것은 당연하고 또 당연한 일입니다.

길지 않기에 시인 것이고, 짧기에 시인 것입니다. 특히나 요즘같이 핸드폰이 생필품이 되고 SNS가 일반화된 세상에서 의사 표현이 길어서는 패착입니다. 될수록 짧고 간결하고 매력적이어야 하지요. 그래서 저는 저의 시에게 네 가지 정도를 요구합니다. 될수록 짧게, 단순하게, 쉽게, 임팩트 있게.

3. 입상 작품

앞에서도 밝힌 바와 같이 입상 작품은 모두 12편입니다. 심사자들이 심사하면서 충분히 고민을 한 바이기도 하지만 특별한 표현이나 주제를 다룬 작품보다는 일상적인 내용과 표현을 담은 시 작품을 고르려고 노력했습니다.

시 작품을 두고 볼 때, 특수성(개성)이란 것이 있고 보편성(일반성)이란 것이 있을 수 있겠습니다. 그 두 가지 특성이 잘 조화를 이루어야 좋은 작품인데 최근 독자들이 보다 많이 요구하는 것은 특수성보다는 보편성이 아닌가 싶습니다.

보편성, 소통이고 공감이고 상호작용입니다. 이제는 수직의 시대가 아니고 수평의 시대이지요. 그래야만 생명력이 고양되는 것이고 상생이 이루어지는 것이고 선한 영향력이 가능한 것이지요. 이번에 작품을 고를 때도 그런 안목으로 세 사람 심사위원이 작품을 읽었지 싶습니다.

노인 세대의 작품이므로 작품 안에 많은 시간이 축적된 작품을 고르려고 애썼습니다. 그리고 전문적이고 멋진 수사나 표현보다는 조금은 생경하고 서투른 표현이 들어간 작품에 눈길을 주려고 애썼습니다. 아이러니가 있는 작품, 해학이 있는 작품을 찾으려고도 했습니다.

그런데 이렇게 짧은 시들을 앞에 두고서도 한두 가지 드릴 말씀이 있습니다. 첫째는 시의 제목에 관한 것입니다. 시의 제목은 시의 본문에 들어가 있는 단어가 아닌 것이 좋고 또 시의 내용과 관계가 멀면서도 관계가 있는 제목이 훨씬 더 진화한 제목이라는 것입니다.

그리고 시는 덧셈이 아니고 뺄셈이란 것을 말씀드리고 싶습니다. 미술작품에서 조각의 방법과 조소의 방법이 있을 때, 시는 어디까지나 조각의 방법입니다. 본래의 것에서 불필요한 것들을 떼어내어 원하는 형상을 찾아내는 것이 조각인데 시가 그렇단 말씀이지요.

아내의 닳은 손등을

오긋이 쥐고 걸었다

옛날엔 캠퍼스 커플

지금은 복지관 커플

—성백광, 「동행」

대상으로 뽑힌 작품입니다. 짧은 문장 안에 아주 많은 시간을 담았습니다. '캠퍼스'와 '복지관' 사이. 그리고 단어의 쓰임도 적절하고 예쁩니다. '닳은 손등'이란 말, 특히 '오긋이'란 구석진 말이 지은이의 심정을 대신해 줍니다. 읽는 이도 따라서 아름다워지는 마음입니다. 이렇게 좋은 작품 속엔 서정 속에 서사가 가라앉아 있기 마련입니다.

죽음의 길은 멀고도 가깝다

어머니보다 오래 살아야 하는 나를 돌아본다

아! 살아 있다는 것이 봄날

—김행선, 「봄날」

최우수상으로 뽑힌 작품입니다. 이 작품 역시 삶의 아이러니가 만만치 않습니다. '죽음의 길은 멀고도 가깝다'가 먼저 그렇고, '어머니보다 오래 살아야 하는 나를 돌아본다'가 또 그렇고, '아! 살아 있다는 것이 봄날'은 아예 백미白眉에 가깝습니다. 유서처럼. 외마디 소리처럼.

살며시
입 다문 사진보다
활짝 웃는
영정사진 더 슬프다

—허만덕, 「사진」

아, 이런 작품. '슬프다'는 말은 결코 우리를 슬프게 하지 못하는데 '살며시/ 입 다문 사진보다/ 활짝 웃는/ 영정사진' 이라니, 문득 슬퍼지는 것입니다. 인생은 이렇게 슬픔도 아름다운 나 자신의 초상이요 삶의 일부임을 우리는 화들짝 깨닫습니다. 너무 오래 슬퍼하지 마시길! 이 작품을 포함, 이제부터 열 편의 작품은 우수상입니다.

이제는 여자도 아니라 말하면서도
봄이 되면 빛고운 새 립스틱 하나 사 들고

거울 앞에서 가슴 설레네

—김남희, 「봄맞이」

이분은 분명 여자분인데 나이는 몇이실까요? 나이와는 관계없이 이분은 여전히 가슴이 설레고 따스하여 졸졸졸 개울물이 안으로 소리 내며 흘러가는 분. 아무리 나이가 더해져도 소녀의 마음을 벗어나지 못하는 분. 그 늦은 청춘에 축복이 있기를!

임종하시는 어머니 손 잡고, '엄마 곧 만나요' 하고선

하루에 꼭 챙기는 한 줌의 영양제

—김명희, 「영양제」

햐. 이 작품 또한 엉뚱합니다. 상호모순이 있네요. 인생이란 그렇게 늘 앞뒤가 맞기만 하는 건 아니지요. 때로는 뒤틀려서 마음 아립고 더욱 찬란한 것이 인생이 아닐는지요. 저 따님의 헛손질을 보십시오. 헛된 약속을 보십시오. 그래도 짐짓 귀엽고 사랑스럽지 않을까요. 먼저 가신 어머님이 안 보이는 곳에서 빙긋이 웃으시는 듯합니다.

늙어지니 문방사우보다 노년사우

효자손, 리모컨, 진통제, 돋보기

—최영문, 「노년사우」

단출하지만 요체를 쓰셨네요. '문방사우'와 '노년사우'. 여기서도 삶의 간극間隙을 느낍니다. 실소 같은 것이 있습니다. 사람마다 젊은 시절의 삶은 달라도 노년의 삶은 비슷하다는 점에서 인생의 서글픔을 느끼기도 하지만 안도감을 갖기도 합니다. 결국은 인생은 평등한 것.

잘 노는 친구 잘 베푸는 친구 다 좋지만

이제는 살아 있어 주는 사람이 최고구나

—이상훈, 「절친」

다급할 대로 다급한 심정이네요. 친구는 삶에 있어 대체 불가능한 이웃이요 동행이지요. 그런데 웬만한 나이 무렵엔 '잘 노는 친구' 좋고 '잘 베푸는 친구' 두루 좋지만 아이 든 지금에는 '살아 있어 주는 사람이 최고'라는 저 발견. 남의 일이 아니고 당신의 일이고 나의 일입니다.

아이스 아메리카노

따뜻한 거 한잔

—박태칠, 「커피 주문」

대체로 다른 작품들도 그렇지만 이 작품은 더욱 실소失笑가 들어 있습니다. 앞뒤가 맞지 않는 말을 해 놓고는 자신도 웃고 주변 사람들도 웃습니다. 아름다운 실수. 그것을 또 웃음으로 보아줄 수 있는 너그러움. 그 부분에 따스한 봄 햇살이 더욱 곱게 비쳐듭니다.

복지관 댄스 교실

짝궁 손 터치에 발그레 홍당무꽃

—정인숙, 「로맨스 그레이」

천상, 여자인 분. 예쁘네요. 귀엽고 사랑스럽습니다. 당신의 예쁨과 사랑스러움을 오래오래 잃지 말고 간직하시기 바랍니다. 그 예쁨과 사랑스러움은 당신 하나만 행복하게 하는 것이 아니라 주변의 사람들까지 행복하게 해준다는 것을 잊지 마십시오.

할배가 안경을 찾아서
여기저기 돌고 있는데

네 살 손녀가 찾아 주었다

할배 손에 있다고

―천봉근, 「잃은 안경」

이 역시 노년의 삶, 한 풍경을 담았군요. 어찌 이런 일이 이 분만의 일이겠는지요. '업은 아기 삼면三面 찾는다'는 말이 있지요. 아기는 정작 등 뒤에 있는데 전면과 측면에서 찾는다는 말이지요. 몸이 낡고 마음이 또 늙어서 그렇지요. 장력張力이 점점 느슨해지는 게 인생인가 합니다. 그래도 그 인생을 끝까지 아끼고 사랑할 일입니다.

근육통으로 병원에 갔다
퇴행성이라 약이 없단다
관절염으로 병원에 갔다
퇴행성이라 약이 없단다

마음이 아프다

퇴행성이라 약이 없겠지

—문혜영, 「퇴행성」

이 또한 노년의 해프닝을 담았습니다. '근육통'이나 '관절염'이 퇴행성인 건 이해가 가지만 마음이 아픈 것까지 퇴행성이라면 대책 없는 가운데 더욱 대책이 없겠습니다. 짐짓 그런 아픔을 '퇴행성이라 약이 없겠지'하고 스스로 달래고 눙치고 다스리는 유연한 여유에 축복을 보냅니다.

어색했던 전철 경로석

이제는 익숙해졌네

그러나 나보다 더 자리를 필요로 하는 사람이

내 앞에 서서

애처롭게 자꾸만 나를 쳐다보네

일어서야 하나

그냥 앉아 있을까

—송미선, 「경로석」

앞의 작품들에 비해 조금은 긴 작품입니다. 3행에는 생략

했으면 좋을 단어들이 들어 있기도 하지만 그 진지함과 선량함이 심사위원들의 마음을 붙잡았습니다. 이런 망설임과 측은함이 어찌 아름답지 않겠는지요. 더욱이나 타인 시각으로 세상을 보는 저 마음에 한없는 신뢰와 희망을 읽습니다.

4. 짧게, 끝내는 말씀

이번에 입상한 작품을 보면 2행짜리부터 4행, 5행 이내의 작품들이 많아서 아, 이렇게 써야만 입상하는 거구나, 그렇게 생각하실지 모르겠지만 꼭 그런 것은 아니라고 말씀드리고 싶습니다. 굳이 글의 행수에 얽매이지 말고 진솔한 마음을 담으면 되겠습니다.

뽑힌 작품에서도 보면 아시겠지만, 이 작품들에는 삶의 지혜가 인생의 연륜과 함께 충분히 녹아 있습니다. 바로 이것입니다. 이러한 글이 좋은 글이요 감동을 주는 글입니다. 짐짓 평범한 것 같으면서도 비범한 글입니다. 우리는 평범 속에 비범을 찾아야지 비범 속에 평범을 찾으면 안 된다고 봅니다. 그야말로 낭비로 분식粉飾이라 생각합니다.

그리고 이번에 입상한 작품들에서 느끼는 특징은 촌철살인寸鐵殺人입니다. 곧이곧대로 단어의 뜻은 '한 치의 쇠붙

이로도 사람을 죽일 수 있다'이지만 숨은 뜻은 '간단한 말로도 남을 감동하게 하거나 남의 약점을 찌를 수 있음'을 이르는 말입니다. 읽으시는 분들에게 지혜와 유쾌함을 이 작품들이 충분히 선사할 것으로 믿습니다.

살아 있다는 것이 봄날

발행일
2024년 4월 3일 초판 1쇄

지은이 성백광 외
그림 김우현
펴낸이 김종해
펴낸곳 문학세계사
출판등록 1979. 5. 16. 제21-108호

주소 서울시 마포구 신수로 59-1(04087)
대표전화 02-702-1800
팩스 02-702-0084
이메일 munse_books@naver.com
홈페이지 www.msp21.co.kr

ISBN 979-11-93001-44-8 03810